ヘデラの花

井町さとる
IMACHI Satoru

文芸社

もくじ

ヘデラは、一般的に英語名のアイビーという名で知られている植物。ヘデラは属名の学名。壁や木に絡みついて成長する特性を持つ。しっかりつかまって離れないその姿から、「永遠の愛」「友情」「不滅」「結婚」「誠実」といった花言葉を持つが、強い執着心も彷彿とさせることから、「死んでも離れない思い」といった、少し怖い花言葉もある。

プロローグ

ホォ〜〜…ホケキョ……


三月も終わろうとしていたある日の午後だった。

由紀子は、この四月から高校に通う一人娘のためもあって引っ越しの準備に追われている。荷物を整理しているさなかに、娘の優子が問いかけてきた。

「ねぇ、この子ってママ⁉」

「うん、そうだよ。なつかしいなぁ……」

そうつぶやいて、由紀子が、忙しくしていた手を止めた。

アルバムである。ろくに手伝いもしない娘が見つけたのだ。

「まあまあ可愛かったじゃん」

「こら、今がばばあでブスだっていうの⁉　パパに言っておこづかいダウンしてもらおうかなぁ？」

「ややや、そんなことありませんよ！　ママは今も超かわいくて美人で自慢の母でございますです！」

「よろしい、では、おこづかいはキープで！」

「ええ〜、もう高校生になるんだし、アップでお願い！　勉強だってもっと頑張るからさ！」両手をこすり合わせながら懇願する優子。

「ま、〝パパ銀行〟への融資増額のお願いは自分でするのね」

父の洋介は実際に銀行員なのである。真面目を絵に描いたような堅物で、いわゆる昭和の男だ。

「う〜ん……パパってお金に厳しいからなぁ……。あっ、でも私とママには超がつくほど優しいもんね、何とかなるか！」

腕組みをしながら上を見て、優子が続ける。

「あれ⁉　この男の子って、もしかしてパパじゃない⁉」

「そうだよ、小学校の時からだもん」

「へぇ～、初耳。同級生とは聞いていたけど、こんな小さい時からだったんだ。ねえママもパパもどんな子だったの？　聞かせてよ」

身を乗り出しながら、興味津々という感じで問う優子。

顎に人さし指をあてながら上を見て、由紀子は少し微笑みながら回想しはじめているようだ。まんざらでもないらしい。

「そうねえ……ママはどちらかというとおとなしい方だったかな……。ちょっといじめにあったりしてさ……」

「え～、意外！　まあ小さい頃って、かわいい子がいじめられるっていうしね」

軽くおべっかを使う優子には反応せず、由紀子は話を続けた。

「でもね、そんな時いつも洋介くんが助けてくれてたんだ」

由紀子はいまだに夫のことを「名前に君付け」で呼ぶ。

「へえ～、その頃からもうマジメくんはでき上がってたんだ……」

なるほど、うちの父親なら十分あり得ると納得の優子だった。

「うん、学級委員長だったしね。運動はできるし勉強もできるしで、空手やってたから、みんな怖かったのもあったのかな……でも、あくまでも正しいこと正義の味方って感じでさ、女子人気も結構あったんじゃないかな……」

「ママも好きだったんだ!?」

ニヤニヤしながら問う優子。

「ママが好きになったのは、助けてもらってから徐々にって感じかな……。こんなことがあったの……」

由紀子が、眉間に少ししわを寄せて続ける。

「花いちもんめって知ってる?」

「はあぁ?」

「花いちもんめ」とは、昭和の時代の子供たちの遊びである。五人ずつくらいが手を繋いで向かい合い、「勝ってうれしい花いちもんめ」「負けて悔しい花いちもんめ」と歌い、リズムに乗って足を軽く前に蹴り、「あの子が欲しい」「あの子じゃわからん」「相談しよう」「そうしよう」と言い、ジャンケンで勝ったチームが一人指名してメンバーに引き入れる。それを最後の一人になるまで続けるという、今では禁止になりそうなくらい残酷な遊びである。

このゲームの内容を聞いて理解した優子は、恐る恐る問うた。

「もしかしてさ……。最後の一人って…ママの…こと……?」

「そう…いつもね……。とっても辛かったの……。でも仲間はずれにされて一人ぼっちで砂遊びするよりはよっぽどましだと思って我慢してたんだ……」

うつむき加減になる由紀子を見て、聞くんじゃなかったと優子は後悔した。

「けどね、いつも一番に指名されちゃう洋介くんがジャンケンも強くて、私を指名してくれたの。由紀子が欲しい！ってね。それからはいつも洋介くんの次に二番目で指名されてさ、嬉しかったなぁ……」

ホッとした優子は聞いた。

「それからパパのこと好きになったんだ⁉」

するとはにかみながら由紀子は、

「きっかけではあったよね。意識するようになったねぇ、遠足登山の時もさ、俺の足跡通りに歩けば転ぶことないからね、ってすぐ前を歩いてくれたりしてさ。足跡通りに歩きながら、今でいう（キュン！）ってなって、小学生のうちに、気が付けばだんだんと好きになってたかなぁ……」

恥ずかし気もなく語る由紀子に対して、痒い痒いのポーズの優子。まぁ、おこづかいアップの援護射撃をしてもらうためには多少のことは我慢だ。

祖父譲りの堅物を動かすにはどうしても母親の力が必要なのだ。その祖父も銀行員だった。コネでなのかは知らないが大学を卒業してから父親と同じ銀行に入行し、ずっと銀行一筋の父親。辞めるとしたら政治の世界に飛び込む時くらいか……いや、政治家に立候補するような人ではない。

政治の世界が綺麗事だけで成り立っているわけではないことを、少なからず優子はわかっているつもりだ。

こんなことがあった。下校途中の優子が路上で洋介を見かけ、声をかけようとしたその時、車も来ていない道で、洋介は横断歩道を手を上げて渡り出したのだ。大の大人がそのようにする姿を見たことがない優子は、とっさに物陰にかくれたものだ。

（あの真面目堅物マンの父親が政治家なんてやるわけない。絶対に定年まで銀行マンだ、あの人は……）と、逸れた思考を戻して母の話の続きを聞くことにし、片付けをサボりたい気持ちも手伝って、また話し始めた由紀子に大袈裟にうなずいてみせた。

「中学生の時はもうすっかりいじめ的なことはなかったなぁ……明るく過ごしていたね。洋介くんとも会う機会は少なかった、クラスが違ってたしね。でも、洋介くんは私のクラスの男の子と休み時間によくプロレスごっこなんかしてたから顔は見てたかな……」

その頃プロレスはブームで、子供たちはみんなプロレスごっこをしていたものだった。

今では考えられないかもしれないが、アントニオ猪木、長州力、タイガーマスクなど、金曜日の夜八時に毎週テレビ放送という流行《はや》り具合だった。

今なら、強い者が弱い者に技などかけていたら、すぐいじめあつかいされることだろう。そういうことが普通に許されていた時代なのだ。

「中学三年の頃からは頻繁に会うようになったな。ほら、受験でしょ。そんな時に洋介くんのお母さん、あなたのおばあちゃんね、家も近くだからうちのお母さんとも仲良くって、よく井戸端会議とかしてたみたいでさ。特に勉強のこと。ママは明るく過ごしてばかりだったから成績がイマイチでさ。それで家庭教師の先生を紹介してくれたの、洋介くんの成績がいいのは全部この先生のおかげなんて言ってさ。

でも、その先生も就職活動の関係で忙しくて、断られてしまったの。そこで洋介くんが言ってくれたの。二人一緒にならみてもらえるでしょって。それから、私の家で二人でみてもらえることになったの。洋介くんの家だと、帰りは夜で危ないからって洋介くんが……やっぱり優しいよねぇ……」

思い出にふけりながら、のろける母親。

今でも意味もなく見つめ合ってお互いに微笑んだりする父母を知る優子からすれば、まあなるほどなこととなのだった。

「でもパパと同じ高校には進まなかったんでしょう?」

「バカッ! 行けるわけないじゃない! 頭の出来が違うもん!」

「バカはママじゃん」

頭にチョンチョンと人さし指をあて、少し由紀子をからかう優子。

「ウォッホン。とにかくおかげで受験も成功して無事に高校生になれたの!」

由紀子は少し恥ずかしかった。見栄を張りたいわけではないが、父親と母親に対する尊敬の比率が偏っている、一〇対〇ではないかと感じていたからだ。

「じゃあ、とうとう離れ離れで二人とも寂しかったんだろうね……」

可哀想とは少しも思っていないが、さも同情しているかのごとく優子は言った。

「それがそうでもなかったんだぁ……」

と、少し自慢げな由紀子。

「一学期の途中でちょっとした事件があってさ……」

「何、何、なんなの⁉」

目を見開く優子。

「痴漢だよ！　学校まで二駅だったから七分くらいだったけど、本当にすっごく辛かったんだから！」

由紀子は、最寄り駅のＪＲ中央線武蔵境駅から二駅先の吉祥寺駅まで行き、そこから徒歩一〇分弱くらいのＦ女子大学附属高校に通っていた。

近いからという理由だけでなく、由紀子の母親の母校だったため、そこに進学したのである。

朝の通勤ラッシュ、下り線は余裕があるが、由紀子が乗るのは上り線の新宿方面でかなりのギュウギュウ詰め状態であった。

そんな状況の中で事件は起こったのである。

「もう毎日毎日狙ってのことのようにやられてさ、今ならギャフンと言わせてやるんだけどさ！」

「今じゃ頼んでもされないって！」

またもや言われ放題。それにしても優子は口が達者だ、誰に似たのか……。

しかしその指摘は正しいのかもしれない。

「ま、まぁそうかもだけどさぁ……」

「でも、明るい性格のママがビビッてたんだねぇ……」

「そうだよ。優子も通学すればわかると思うけど、いざその時になったら怖くて声も出せなくなって、ただただ我慢するだけだったんだよ……」

「げぇ〜、キモっ！　……でも、そういうことが起こらないための引っ越しでしょう?」

そう、この度は、優子の下り電車通学のためでもある引っ越しなのだ。

都内で新築一戸建てで駅まで遠くない住宅。ざっと見積もっても片手の指で収まる金額ではないだろう。

「そうね、超優しいパパに十分感謝しなさいな」

「はいはい。それで、それから?」

「うん、そんな憂鬱な毎日のある日なんだけど、偶然に学校帰り、武蔵境で洋介くんに会ったんだ。『よっ! ひさしぶり!』ってね。相変わらず爽やかだったぁ……」

いちいちまたかと優子は気が付かれないように鼻から息を吐いた。

「家までのバスの中で思い切って洋介くんに相談したんだ。恥ずかしかったけどさ、そしたら超こわい顔で怒ってくれてさ、正義の味方として許せん!って感じでね。そしたら明日からは俺が一緒に電車に乗ってやるよ!って言ってくれたんだ」

洋介はJR中央線で武蔵境駅から中野駅まで通っていたので、同じ上り電車だ。結構な有名校で、スポーツ選手や芸能人の子息も多い男子校である。女子高生からの人気も高く、ある意味、ブランド的に憧れられる存在だ。

「それから洋介くんはずぅ〜っと私のボディーガードで、テスト前は我が家で一緒に勉強。…教えてもらってただけだけどね」

「あつかましいぃ〜。頼りっぱなしだったんですってやつじゃん」

「う〜ん、でもギャラじゃないけど、お弁当を渡してたのよ。毎日私が作ってあげてたんだから、ママも偉いでしょ！　卒業するまでずっとだよ！」

「かぁ〜!!　毎日卒業まで密着登校⁉　エッチな関係だねぇ！」

「全然エッチじゃないよ。洋介くんは毅然としてたなぁ……」

「ふ〜ん……まぁ正義の味方だもんね」

優子はおどけて見せるように下唇を出しながら言った。

「かえってママの方がドキドキが止まらない感じだったんだから！……って、何言わすのようっ！　もう！」

と、叩くマネをしながら下らないノリツッコミをする由紀子に、あきれるのを通り越した優子だったが、由紀子の思い出話はもう止まらない、フルスロットルだ。

洋介との密着登校を思い出して興奮したのか話を続ける。

「お互い大学に進んでからは定期的に連絡とる感じではなかったなぁ……意味もなく武蔵境でブラブラして偶然会えないかなぁ、なんてこともしてたもんだよ」

「えぇぇ〜？　まだ付き合ってなかったの〜？　そんな関係でぇ〜？」

「うん……」

「ちょっと奥手過ぎない？　二人とも」

優子からすればまさに摩訶不思議といえるだろう。ＳＮＳ時代の現代では非常に手軽に異性と出会えるコンテンツがあり、付き合った、別れた、ワンナイトラブなどのオンパレード。発情期の動物のようにすぐ恋愛を楽しむのも普通なのだ。

いや、動物の方が節操があるのかもしれない。動物は発情した時だけ、子孫を残そうとするのだから。

それにひきかえ人間は四六時中、一年中、エロのことばかり。子孫を残すためというより欲望のはけ口としてエロを満喫しているのである。

その証拠に、人口の減少にもかかわらずラブホテルや、デリバリーヘルスなどの風俗営業はまるでなくなる気配がない。

「じゃあ、ママもパパも誰とも付き合ったことないまま結婚したの？」

当然の疑問である……少しキモイと思いながら、恐る恐る聞く。

「そんなことないよ。大学のキャンパスで友達と話していてね、彼氏ほしいなぁ～って言ってきた娘《こ》がいてさ。女子大学だから、やっぱりサークルとか入ってないと全然出会いがなかったんだよねぇ……」

初恋——由紀子

「ねぇ由紀子、誰か紹介してよ！」

高校の時から知ってはいたが、友人のまゆ子は由紀子とは違い、お世辞にも真面目とはいえないタイプ。

由紀子も明るく過ごしていたが、それの遥かに上を行く元気の良さだった。

あくまでもお世辞で言えば、だが……。

しかし由紀子は、そんなまゆ子に憧れのような感情を抱いていた。自分にはない積極的なところなど、付き合ってみると案外いいやつかなと感じ、大学から仲良くなったのである。

「そうだなぁ……まあ、いるかもだねぇ……」

上を見ながら言う由紀子に、間髪容《い》れずに、

「マジで！　どんな人！」

と、アマゾン川のピラニアのごとく、すぐさま食いつくまゆ子。

恋愛に積極的すぎるまゆ子は、生まれる年代を間違えてきたのではないか？　現代ならこんな娘の方が向いているのかもしれない。いや、昔からそういう女はたくさんいたのかもしれない。それだけ由紀子が奥手だったということだろう。

「いや、男友達に聞いてみるよ、誰か紹介してってって！」

「オッケー！　……よし、今日、新しい服でも買いにいこうっと」

服を新調するとまで言うまゆ子を見て、由紀子は少したじろいだ。

電光石火のスピードで物事を進めるまゆ子。

だがそんな自分にないところが、由紀子にとっての魅力の一つなのであった。

しかし、のんびりとはしてられない。ここまで楽しみにしているまゆ子の期待を裏切る

わけにはいかない。今夜早速、男友達に相談だ。

もちろん由紀子の頭に浮かんだのは洋介の顔だった。

午後五時をまわる頃まで渋谷でまゆ子とショッピングを楽しんだ由紀子だったが、帰宅後の自室で鏡に向かい、真新しい服に着替えた姿を見ながら考えていた。

まゆ子の勢いでテンションが上がり、付き合いのつもりがつい自分の服まで買ってしまったのだ。

「洋介くん……この服見たら、何て言ってくれるかな…」

そんなことを思うと、電話する勇気が出てくるのであった。

「よしっ」

自室がある二階の廊下の角にある電話機の前で、キョロキョロとあたりを見回して耳をそばだてて、誰も来る気配がないことを確認してからプッシュボタンを押した。

いざかけてみると、一コールごとに胸の高鳴りが増していく。

……四コールくらいで相手が出た。

「はい、松田でございます」

母親だ……。

「夜分すみません、あの、土屋由紀子ですけれども、おばさんご無沙汰しております。洋介くんいらっしゃいますでしょうか？」

「あら、由紀子ちゃん。久しぶりねぇ、元気？　……高校生の時は洋介がお世話になって本当にありがとうございましたねぇ……」

「元気です。こちらこそ、いろいろとして頂いてありがとうございます」

「ちょっと待ってね」

母親とは結構な顔なじみだ。痴漢のこと、それによっての弁当のこと、一連のことを知っていて、よく洋介を通してお菓子をくれたり、季節ごとに洋服まで贈ってもらうなど良くしてもらっていたのだ。

今思えば結婚にあたる挨拶等がスムーズに進められたのは、この人のおかげが大きかったのだ。

「はい、もしもし……」

洋介だ。

緊張を悟られぬようにしながら少し世間話をして、今日のまゆ子とのやりとりについて説明した。すると洋介はすんなり引き受けてくれた。

「わかったよ。じゃあ、今度の日曜日の一〇時にアルタ前ね」

「うん、ありがとう、じゃあね」

電話で良かった。切ったあとも少しの間、緊張の震えが止まらなかった。

いきなりのお願いだったが友達の多い洋介なら何とかしてくれると思ってはいた。やはり頼りになる。二対二のダブルデートをすることになったのだ。

子供の頃から好きだった洋介と、たとえ他人がいてダブルデートでも初めてのデートなのだ。由紀子はウキウキが止まらない。

「待て！」ができない駄犬のように、明日まで我慢できない由紀子は、早速まゆ子に電話をした。

頭の中ではC-C-Bの「ロマンティックが止まらない」が流れていた。

日曜日になり、由紀子とまゆ子は新宿に向かった。四人で映画を観ることになっているのだ。

日曜日のアルタ前といえば待ち合わせのメッカだった。ただ、平日の昼もアルタのスタジオではバラエティ番組の生放送をしていたため、芸能人を見られるかもと期待した人たちで混雑してはいるが……。

待ち合わせにこんなベタなところを洋介が選んだのは、まゆ子がミーハーな性格だと聞いていたからだった。

「どうも、初めまして。松田洋介です。で、こいつが小岩保です」

「どうも～～！　いえ～い！」

と言いながら、謎の指先から肩にかけて波打つブレイクダンスのような動きを見せつけてくる小岩に、由紀子はちょっと面喰らってしまった。

この頃はまだブレイクダンスはマイナーなダンスで、テレビでもまず見かけることはなかった。

だがまゆ子は笑っていたのだ、さすがにノリがいい。

「こんにちは土屋由紀子です。それでこの娘が鈴木まゆ子です、よろしくです」

「よろしく〜〜!」


四人は歌舞伎町のアーチをくぐって映画館へ向かった。

洋介は由紀子に小声で、

「すごく似合っているよ、その服……」

と社交辞令なのか本気なのかわからないセリフを吐いた。

由紀子は、どちらでも良かった。洋介の言葉が純粋に嬉しかったのだ。

映画館に着くと、

「ごめんね、こんな映画しか取れなかったんだ。ホラーとか苦手じゃなかった?」

前もって洋介がチケットを取っておいてくれたのだ。

「ううん、大丈夫だよ！」

由紀子は本当は少し苦手だったが、洋介といられるならそれでも良かった。なんなら怖いシーンの時にしがみついてしまおうかしら、と淡い妄想を浮かべたりしていた。

この頃、デートといえば映画が定番で、特にゾンビ映画は流行の真っ只中だった。新作公開の「バタリアン」という作品で、のちに続編が出るほどのヒットホラーであった。

オバタリアンという流行語があったが、この映画のタイトルをもじったものだ。

洋介、由紀子、まゆ子、小岩で男が女を挟む形で一列に座り、女の横に他人を座らせない洋介の配慮だった。

映画を見終わった四人はアンナミラーズに入った。

現代では常設店舗はなくなってしまったが、当時はウエイトレスのコスチュームが可愛くて評判で、若い女の子のアルバイトしたい店ナンバーワンに挙げられるアメリカンレストランチェーン店だった。現在のメイドカフェは、これがヒントになっているのかもしれない。

昼食を取りながら二時間ほど映画の感想や自分たちのプロフィールなどを話したあと、男女別に解散した。

帰り道にまゆ子が口を開いた。

「ねぇ由紀子、私、洋介くんのこと気に入っちゃった！　電話番号教えてよ！」

「ええっ？」

由紀子は驚いてはいるが、何となく皆での会話でのまゆ子の態度を見ていて、もしかしたらと思っていた。

悪い予感が当たってしまった。

「でも、まゆ子には小岩くんを紹介するってことで集まったんだからさぁ……」

「う～ん、ま、それはわかっているんだけどさ。小岩ってくねくねしてるし、ちょっとエロシーンの時も、『フゥ～～！』とか言っちゃって気持ち悪いんだよねー。それにあの半魚人みたいな顔に大量のワカメを乗っけたようなパーマのルックス。海から上がってきたのかよ！って感じで苦手なんだよねぇ……」

コンプライアンスに引っかかるような罵詈雑言を遠慮なく吐くまゆ子に、確かにその通りと笑いそうになったが耐えた。

笑っている場合ではない。

「由紀子だって洋介くんと付き合っているわけじゃないんだし、ねぇ、いいでしょう?」

今日会ったばかりの小岩は〝こいわ〟呼びなのに、洋介を〝洋介くん〟と気安く呼ぶまゆ子に、正直イライラした。

注意したいが我慢した。自分の気持ちを悟られるのが嫌だったのだ。

「う～ん……。じゃあ、洋介くんに聞いてみてからだよね……」

「イエ～イ！　じゃ、よろしくねぇ～！」

まゆ子と別れて、武蔵境からのバスの中で由紀子はずっと鬱積した思いを抱えていた。

（何が「イエ〜イ！」よ。人の気も知らないで……。ノリからすれば小岩くんとの方がお似合いじゃん、私の方がよっぽど……）

と、誰にも聞いてもらえない愚痴を頭の中で言いながら顔をしかめ、口をとがらせた。

そう、由紀子とは正反対のタイプのまゆ子。

濃い顔立ち、現在でいうイケイケギャル風のルックスの上、身長一七五センチ。並んでも、洋介が背伸びしながら歩くか、ロンドンブーツを履かないかぎり背を越えることはない。様にならないのだ。

それに、一回会ったくらいの女にイカれるような男ではないと由紀子には確信があった。

（そう、私は子供の頃から洋介をよく知っている。何と言ってまゆ子に断りを入れればいいか、その方が問題だ）

洋介が断ってきた内容をオブラートに包んで伝えるしかない、と思った。

夜になり、例のルーティンで電話をかけた。

「俺も電話しようと思ってたんだ」

「うん、それでね……」

まゆ子の、小岩に対する悪口は言えない。せっかくこの機会をつくってくれた洋介に申し訳ないからだ。

少し今日の感想などを話しながらタイミングをはかって切り出した。

「小岩くんって、とってもいい人だと思うし、まゆ子も気に入るかなと思ったんだけど、タイプじゃないみたい……。それより洋介くんに興味があるんだってさ、私は背も合わないし、どうかなぁ？　って言ったんだけどね……」

平穏無事に済むよう控えめに言ったつもりだ。

「チェッ！　なんだよ人をチビあつかいしやがって……」

ヤバい、しまった。つい余計なことを言ってムカつかせてしまった……！

「ややや、違うの！　洋介くんは一般的なちょうどいい高さであると、私も誰もが思うと思うのであると思われます。まゆ子が大きすぎるだけだというか……」

変な敬語交じりで必死になってつくろった。うっすらと脇汗をかいてしまったほどだ。

「ハハハッ、なんだ、動揺しちゃって。ま、そんなことどうでもいいけどさ。いいよ、電話番号教えてもさ」

ホッとしてゲエェ〜！　安堵のち驚愕である。何と意外な答え、脇汗がTシャツにシミを作るほど出まくった。

「ちょうど良かったんだ。小岩も由紀子の方が気に入ったんだってさ」

ワン、ツーをもらい、さらにカウンターを食らった由紀子は、ダウン寸前のボクサーの気持ちになった。

「えぇ〜⁉　でも今日会ったばっかりだし……」

フラフラの気持ちを立て直して何とかしようと抵抗した。

「とってもいい人だと思うって言ったじゃん、それに本当にいいやつだしさ。電話番号教えておくよ」

まいった……投げたブーメランが返ってきて、自分に刺さってしまった。その傷から大量出血で完全にダウン。

「カン、カン、カン」

頭の中にKO（ノックアウト）のゴングが響き渡った。

電話を切ったあとに、（この堅物め、社交辞令って言葉を知らないのかしら……）と自分の吐いた言葉は置いておいて、初めて洋介に不満を持った。

だが不満の大きさは、まゆ子に対する洋介の返事の方がより大きかったのだった。

昨日より多く鬱積した気分のまま大学に登校した。キャンパスではまゆ子に会わないように努めたが相手はアマゾネスまゆ子だ。

こちらを探しまわっていたのである。

とうとう捕まり万事休す。

「見つけたっー！　ちょっとー、返事どうなっているのようー？」

まゆ子が詰めてきた。

「ごめーん、単位のための勉強が忙しくってさぁ……」

小岩への返事の時にこの言い訳が出てくれば良かったが、何せ最終回の「あしたのジョー」のように真っ白になっていた自分では、とっさに出てこなかったのだ。ガッデムと思いながら、由紀子は洋介からの返事をまゆ子に伝えた。

嘘はつけなかった。

葛藤はあったが、もし自分が嘘をつけば洋介まで嘘つきにしてしまうような気がしてできなかったのだ。

「イエ～イ！　フゥう～～！」

小岩のブレイクダンスもどきの振りをマネして浮かれながら喜ぶまゆ子を見て、

「良かったね」

と微笑んではみたものの、心の中では滅茶苦茶イライラしていた。できることならまゆ子のほっぺたを思い切りつねってやりたかった。

そう、ジェラシーである。

由紀子は初めて体験した気持ちに、ブレーキをかけようと必死だった。

その後は、まゆ子とも洋介とも距離をとるようになった。

二人のことはとても気になっていたが、もしまゆ子からのろけ話など聞こうものなら、今度こそ本当に思い切りつねってしまいそうだったからだ。

悔しさも手伝って、由紀子は小岩と付き合ってみることにした。

距離はとっていても、小岩を通して自分の話が洋介に伝わるのではないか、そしてジェラシーを感じてもらえるかもしれないとの思いでもあった。

しばらくの間、由紀子は小岩とのデートを重ねた。

洋介もいいやつだからと言っていたし、自分の不純な動機に付き合わせている自責の念もあったからだ。

だんだんと小岩も手を握ってきたり、肩を抱いてきたり、腰に手を回してきたりしてスキンシップを取ろうとしてきた。

しかし、そのたびに高校一年の時のトラウマが駆け巡り、どうしても受け入れることができなかった。鳥肌が立ってしまうほどだったからだ。

その嫌悪感に小岩のキャラの影響が何パーセントあるのかは、催眠術にでもかかって深層心理に聞いてみなければわからないだろうが、父親と洋介にしか触れることを許したことがない自分には、どうしても越えられない壁だと認識させられてしまったのである。

そんなある日のデートの最中の会話で、

「それでね、〇〇〇〇がさあ、〇〇〇〇だったんだぁ……」

という由紀子の話を聞いていた小岩が、もう限界と言わんばかりの深いため息をついた。

「あのさぁ、由紀子チュンってさぁ……いつもいつも洋介洋介って、やつの話ばかりだよねぇ。いい加減に自分の気持ちに気付いたらどうなのさべイべェ〜……」

ご自慢の指先からの波打つ独特の動きを織り交ぜて言ってきた。

由紀子は雷に打たれた。ぐうの音も出なかったのだ。確かにそう、自分の気持ちを誤魔化していたのだ。

「洋介もいつも君のこと心配してるぜいぃ。傷つけたらゆるさん!! だってさ……いい加滅にお互い素直になりな〜よぅ。もうピエロは飽き飽きだぜぃ〜。ミーは今度こそ本当のエンジェルを見つけるぜぃ。アディオ〜〜ス！」

と言って小岩は去っていってしまった。

由紀子は決定的に自覚させられてしまった。

（もう我慢はやめだ！　まゆ子のことなどもうどうでもいい！）

自分の気持ちのダムが、強烈な一撃により一気に決壊した。そして洋介に今までの——子供の頃からの気持ちを隠すことなく全部ぶつけた。

洋介はすべて受け止めてくれた。自分もまったく同じ気持ちだったんだと。

それから晴れてようやく二人は付き合うことになった。

そして大学卒業後に結婚した。

何年も子供はできなかったが、数度目かの不妊治療の末にやっとの思いで一人娘の優子を授かることになり、今に至ったのである。

初恋――洋介

人の恋愛話ほどつまらないものはない。

やっと終わったかと、あくびを隠していた優子は、感動したふりをして笑顔を作った。

「あっ！　もうこんな時間？　ご飯の支度だ！　ご飯ご飯……」

全部しゃべって満足そうにキッチンへ向かう母親を見ながら、優子は思っていた。

（さて、それではこの件でパパを恥ずかしがらせてやるか！　そして、こづかいアップに繋げるのだ！）と。


そして土曜日になった。

引っ越しを明日にひかえて、近所の婦人会が送別会のようなものを由紀子のために開いてくれるというので、晩は、優子と洋介の二人になるのだ。

「じゃあ、行ってきま～す」

少しオシャレをした由紀子が出かけていった。

「それじゃあ、俺たちも晩飯行こうか！」

「は～い」

優子はこの時を待っていた。父親と二人きりになれるこの時を……。

仕入れた肉を一番美味しくなるまで待って熟成肉を提供するシェフのように、この日を楽しみにしていた。

二人は近所の喫茶兼スナックの「グレーヌ」という店に向かった。

週末に洋介がよく行く店なのだが、由紀子が用事でいない時などは優子が小さい頃から食事を出してもらったり、両親が留守のときなどは、カラオケをしたりトランプをしたりで世話になっていた。

引っ越したら簡単には来られないので、挨拶がてら最後のご飯はこの店でとの優子のリクエストだったのだ。

グレーヌにしたのは優子の作戦でもあった。もし話の途中で父親が帰ろうとしたら、グレーヌのママ姉妹に手伝ってもらって帰宅を阻止するつもりだったのだ。

意気揚々と父親の前を歩き、自信満々でドアを開けて入った。

「いらっしゃい！　松田さん、優子ちゃん」

ママ姉妹がニコニコと迎え入れてくれた。優子にはニコニコではなくニヤニヤに見えた。

二人には、軽く今日の作戦を教えてあったのだ。

入口からすぐカウンターで、詰めれば一〇人ほど座れる。洋介と優子は店の一番奥の小さなテーブル席についた。

まだ早い時間なのでお客は誰もいなかった。

ビールと黒ウーロン茶を頼んだ。食事は特別におまかせメニューのようなものを出してくれることになっている。

少々ママ姉妹と昔話などをして別れを惜しんだあとに、優子は切り出した。

「私さあ……実はパパの秘密を知っているんだよねえ……」

いきなりの娘の発言に洋介は少しばかり動きを止めるも、一五歳の娘に突かれて痛い脛の傷などはあるわけがない。

「へぇ〜〜言ってごらん。内容によっては口止め料を払わなきゃならないな」

と余裕の態度を見せた。

（フフン、余裕ぶりおって……今に顔を赤くさせてやるぞ！）とばかりに優子は鼻の穴を広げて息巻いた。

ママ姉妹も料理を仕上げながら耳をそばだてていた。

「パパとママのなれそめっていうの……？　しかも子供の頃から結婚に至るまでのこと、全部！」

自慢げに言う優子。

「全部？　…またまた、そんな……」

「あっ？　余裕ぶってさ！　……じゃあ言うよ！」優子はちょっと頭にきた。

もう数日で高校生になる自分をずっと子供あつかい。父親は大好きだが、時々見下されている気分になることがあるのだ。

十分に恥ずかしいところをいじってやるぞと心に決めて、父母の小学生時代の話から始めた。

自信満々で話をする優子を見ながら、想定内と感じつつ、洋介も思い出をなぞった。

*

学級委員かぁ……別にやりたかったわけではないのだ。厳しい父親に、立候補して委員になるようにきつく言われていたのだ。

洋介は三人兄弟の末っ子だった。

長男だからという理由だけでたっぷり甘やかされていたバカ者。それに反発するように不良になっていく次男。二人の失敗を踏まえてエリートに仕立て上げようとされる三男の洋介の三人兄弟だ。

郵便はがき

料金受取人払郵便

新宿局承認

2524

差出有効期間
2025年3月
31日まで
（切手不要）

160-8791

141

東京都新宿区新宿1－10－1

（株）文芸社

愛読者カード係 行

ふりがな お名前		明治 大正 昭和 平成 年生 歳
ふりがな ご住所	□□□-□□□□	性別 男・女
お電話 番 号	（書籍ご注文の際に必要です）	ご職業
E-mail		
ご購読雑誌（複数可）		ご購読新聞 新聞

最近読んでおもしろかった本や今後、とりあげてほしいテーマをお教えください。

ご自分の研究成果や経験、お考え等を出版してみたいというお気持ちはありますか。

ある　ない　内容・テーマ（　　　　）

現在完成した作品をお持ちですか。

ある　ない　ジャンル・原稿量（　　　　）

書　名				
お買上 書　店	都道 府県	市区 郡	書店名	書店
			ご購入日	年　　月　　日

本書をどこでお知りになりましたか?

1.書店店頭　2.知人にすすめられて　3.インターネット(サイト名　　　　　　　　)

4.DMハガキ　5.広告、記事を見て(新聞、雑誌名　　　　　　　　)

上の質問に関連して、ご購入の決め手となったのは?

1.タイトル　2.著者　3.内容　4.カバーデザイン　5.帯

その他ご自由にお書きください。

(　　　　　　　　　　　　　　　　　　　　)

本書についてのご意見、ご感想をお聞かせください。

①内容について

②カバー、タイトル、帯について

弊社Webサイトからもご意見、ご感想をお寄せいただけます。

協力ありがとうございました。

お寄せいただいたご意見、ご感想は新聞広告等で匿名にて使わせていただくことがあります。

お客様の個人情報は、小社からの連絡のみに使用します。社外に提供することは一切ありません。

洋介は三歳から英才教育教室に通わされた。

今ではよく聞くフラッシュ暗算などもやらされていた。知能指数はかなり高かった。その後も空手道場、英会話スクール、スイミング、習字教室、絵画教室と、習い事はどんどん増えた。

その上、夜は家庭教師がついて勉強と、かなりの過密スケジュールの小学生時代を送った。

それに加えて次兄からは毎日暴力と使い走り……くたくただった。

息を抜けるのは学校だけのはずが、そこでも優等生を演じなければならない。まさにストレス地獄。

そんな中、ある日、校庭で派手に転んだことがあった。膝から血が出るほど……。

立ち上がろうと上を見ると、ハンカチを差し出して、

「大丈夫？」

と心配そうに女の子が立っていた。

「ありがとう……」

するとその子は笑顔で立ち去った。由紀子である。

厳格すぎる父、その顔色ばかり気にする母、マヌケな長兄、暴力次兄……洋介は、人に優しくされたのは初めてだった。

それから由紀子は心のオアシスになった。

そう……初恋……。

しかし、ストレスのためなのか、この頃にはすでに洋介の性格はねじ曲がっていたのである。

他人より優秀な自分は、欲しいものはすべて手に入れる権利がある。そう信じて疑わない子供になっていた。

独占欲無限大、完全にイカれていた、異常に壊れていたのである。

そして、欲しいのは由紀子の笑顔……だけでなく心、一生洋介以外は誰も見えないというような心を欲しがった。

昔、N県で大人が子供を拉致して九年間監禁し、自分色に育てようとした事件があったが、当時の洋介はそんなバカなことはしないし、できない。本人も子供だからだ。

そこで自分にできる方法で計画を立て始めた。

まず暴力で男子生徒を制圧。しかしそれではただのジャイアンだ。

アメとムチを使いわけてこそ人は動くものだと父親が言っていたのを知っていたから、暴力の前後にアイスクリームを奢ったり、最新のシャープペンシルを配ったりしてコントロールしていた。

女子生徒は、奴隷になった男子にいじめさせてから助ける。由紀子の回数は多めにさせたが、可哀想なので奴隷を多めに殴った。

女子生徒から冷たくさせるのも難しくなかった。由紀子を助ける回数が増えれば自然とそうなったからだ。

そこで花いちもんめ……まず自分を指名させ、インチキのジャンケンののち、由紀子を指名……毎回そのパターンで恩を売ることにした。

「由紀子が欲しい」——本音だった。

遠足登山……簡単だ。割り込むのに逆らうやつなどいない。

「小学生のくせに（キュン！）だって、あ〜恥ずかしい！」

懸命にいじる優子だが、いささか相手が悪い。

昔、「オーメン」という映画があった、悪魔の子ダミアンが人々を不幸にして喜ぶ物語だ。

６６６が悪魔の数字と西洋では言われていることを日本人が知ったのは、この映画からだったようだ。

洋介の頭にも６６６の紋章があったのではないだろうか……。

中学生の時、洋介たちの学年は一クラス四〇人、一学年で一二クラスもあり、由紀子を監視するのが難しかった。子供の多い時代である。

休み時間に由紀子のクラスに行き、奴隷の才能がありそうなやつを、オーディションがてらプロレスごっこと称して暴力等々で支配した。悪い虫がつかないよう監視させていたのだ。由紀子に告白するようなやつ、ふとどき者には、こうだ！

自分の友達に万引きを強要していると因縁をつけ、それをやめさせるためにと、運動会の昼休みに、先生がいない体育館で全校生徒が見ている前で無理やり喧嘩に持ち込みボコボコにした。

一石二鳥の悪魔の作戦。

もちろん大嘘……ある意味で逆である。

この頃の洋介は奴隷たちに万引きをさせて、その品物を安く売りさばくという副業をしていた。

自分の手は汚さない。わざわざ客からリクエストを募《つの》り、参考書からスニーカーなど、さまざまなニーズに応えた。

親が商売をやっているやつの所で定価のレシートを作って渡すという、万引きの元締めのようなことをして金を稼いでいた。

空手に行ってくると親に嘘をつき、その金で性風俗店に行っていたのだ。童顔を隠すため父親のサングラスを拝借して、オールバックヘアー、帰りはさも汗をかいたように道着を濡らして……との念の入れよう。

バレることはなかった。

三年生の時は由紀子の学力を上げさせて同じ高校に行くつもりだったので、自分の家庭教師を母親から紹介させた。

母親のプライドを利用したのだ。同じ家庭教師をつけても由紀子は並、洋介は特上。寿司屋でいえば一〇〇円回転ずしと銀座の高級すし店くらい違う、馬なら農耕馬とオグリキャップくらい違う、もともとのＤＮＡが違うのだと近所の人たちにわからせることができるのだと、言葉巧みに刷り込んだ。

結果、同じ高校になった暁には、由紀子が頑張ったからだと言えば良い。

父親のロボットなど、ガンダムを操縦するよりずっと楽勝に違いない。

あとはいかに一緒の勉強時間を作るかだ。

そこで、もともと気の弱い家庭教師の性格を利用することにした。小学六年生からの付き合いなのでよく知っている。

前の家庭教師もその前の家庭教師も相性が悪い、教え方が下手だと文句をつけクビにさせた。やっと自分の奴隷になりそうなやつが来たのだ。それまでは成績を調整していたが、六年生から伸ばした。

成績の調整は難しくはなかった。中学受験ではわざと落ちた。由紀子と同じ公立校でないと都合が悪いからだ。

受験失敗の責任を取らされてクビになるところを、父親に懇願してなんとか続けさせた。あの時は苦労した。家庭教師に恩を売ったのである。ひどい貧乏学生の家庭教師は、かなり高額な授業料の洋介をどうしても失いたくないはず、助かっただろう。

そして中学三年生の今、恩を返してもらうことにした。言う通りにしないと小学六年の時と同じことをするぞと、そしてお前の評判を落として有名予備校の内定を取り消しに追い込むぞと。テレビ出演でも有名な講師がいる予備校に内定していたのだ。洋介の父親の力で……。

作戦通り由紀子の家で勉強できることになった。しかし由紀子の成績は思いのほか上がらず、母親の母校の女子校に行くという。

絶句した。発狂して絶叫したい気持ちを必死に抑えたが震えが止まらない。

自分のレベルを下げるとかの問題ではない、性転換するしかないのだ。

一瞬バカな考えがよぎったが冷静になった。仕方ない、自分は同じ沿線で父親が納得できるくらいの高校を選んだ。

それにしても、いくらかわいい由紀子でも、俺に絶望感を与えたことは許せない。いつか返してもらうぞと頭の中で借用書を書かせた。

由紀子の家での授業目的は三つになった。

一、コミュニケーション向上で親密さアップ。

二、近くで由紀子の匂いを思い切り嗅ぐ。

三、隙をついて由紀子の下着を盗む。

一、二、三と成功していたが、三は満足するまで使用したら気づかれないよう戻して新作を手に入れることを繰り返した。新作といっても、未使用新品では無意味だが。
このバレたら終わりの究極のミッションは、とてもストレスだった。

ストレスならよせばいいのに……矛盾……。

高校生にもなると、今までのやり方では通用しない。しかし新しい奴隷がどうしても必要だ。

洋介は友人作りに精を出した。心底話を聞き信用させてから弱味を握ることが目的だ。

しかし、大学附属の私立校では自分の求める人材は簡単には見つからない。

みんな普通のやつばかりだった、いや、一般的には裕福な家庭の息子が多い。

有名なＹＭ楽器の御曹司、有名俳優Ｉの御曹司、サラ金ＴＫＦの御曹司などなど、経済的にも恵まれていて、苦労のくの字も知らないようなやつばかりだった。

自分の小学生時代からの苦労と比べれば、のほほんと生きてきたやつばかりと思ったのである。

由紀子を手に入れるための今までの行為を苦労、努力と感じているところが、究極のエゴイズムクレイジーの証拠であった。

そんな中、一人の平凡なやつを見つけた。親が鉄工所を経営はしているが、小さな町工場の息子である。

父親は中卒で鉄工所に長く勤めた上、やっとのことで自分の会社を持ち、大変な思いをして子供たちを育てて息子をこの学校に入学させたという生粋の苦労人だそうだ。学歴のない自分が血の滲む苦労の末、今がある。息子にはそんな思いはさせたくないと無理をして入学させてくれたという。

そんな話を自分に告白するなど、かなりのピュアボーイだなと洋介は思った。

(ロックオン……こいつだ)

洋介は鋭いベテラン刑事のように目を細めた。

しばらくの間、親友になるために毎日仲良くしていた。

そんな中、この親友が顔面蒼白、この世の終わりという雰囲気で登校する日が何日も続いた。

「どうしたんだ？　ひどい顔してるぞ⁉　悩みがあるなら何でも言えよ、俺たち親友じゃないか！　力になるから……」

心配の演技と裏腹に、心は高揚していた。

「……そうだな、洋介ならもしかして助けてもらえるかもな…実は……」

父親の鉄工所が取引先の不渡り手形のせいで潰れかけているというのだ。このままだと一家心中も起こりえると、大粒の涙を流した。

洋介の父親が銀行のお偉いさんと知っていたからこその告白。だがしょせん高校一年の子供二人が背負える事態ではない。

「よし！　何とかしてやる！」

「えっ？」

「俺が助けてやる。正確には俺のオヤジがなっ！　力になるって言ったじゃないか、俺たち親友だろ！」

洋介は自分の胸をドンと叩き、親友の肩をバンバンと叩き激励した。

そして、笑顔で別れて家路をたどった。

帰宅途中は苦労した。一人で満面の笑みで歩いていると人格を疑われてしまう。平静を装うのに苦労したのだ。それほど嬉しかった。

夕食後に、父親の書斎の前で一つ深呼吸をしてから重厚な扉をノックした。

「なんだ……」

「お父さん、洋介です。相談に乗っていただけませんか……」

「…入れ……」

親友のこの世の終わり顔をマネして入った。

「失礼します。実は……」

昼間の話を事細かに説明した。うつむき加減でまばたきを止め、目を充血させ、涙を流しながら懇願した。

「…う〜〜ん……」

父親は目を細めて思案しているようだった。

洋介は、「今だ！」とばかりにウルトラマンのスペシウム光線的なセリフを放った。

「親友が可哀想だからというだけで言っているのではありません。後々、僕は中学に続き生徒会長に立候補します。その時にこういう美談エピソードが一つ二つあると選挙に有利に働くのです。この僕の将来のためにも、どうぞお力をお貸しください！」

洋介をエリートにしたいという父の欲をあおったのだ。厳格男の一番弱いところを攻撃した。

沈黙が続いた。

「……わかった……。下がりなさい」

「失礼しました」

巨大建造物解体時のダイナマイトの爆破音とともに、銀行怪獣オヤジーが倒れる姿を背中で感じる洋介であった。

親友の父親の会社は、融資を受けたおかげでどうにか立て直すことができた。

「ありがとう、松田君。この恩は一生忘れないよ！」

この時から呼び方は君づけになった。奴隷のでき上がりだ。

「良かったな！　今度は俺を助けてくれるか？」

「ああ、何でも言ってよ、絶対に助けるからさ！」

「そうか、では早速頼むよ、小岩保くん」

悪魔が微笑んだ。


「いいな、ターゲットを間違えるなよ」

武蔵境駅で、物陰から由紀子の登校を待ち伏せした。

「本当に大丈夫かい……？」

不安がる小岩に、洋介は言ってやった。

「ああ、絶対に大丈夫だ、俺が保証する」

保証などあるわけがないが、たぶん由紀子なら触られても我慢する、花いちもんめも我慢強かったのだからと、洋介は踏んだ。

もし痴漢トラブルになったら自分が出ていって小岩をボコボコにしてヒーローになれば
いいと思っていた。

やはり由紀子は我慢した。

七分くらいという時間が功を奏したのだろう、洋介の読み通りであった。

その日から、毎日放課後に小岩とミーティングを行った。

誰にも聞かれてはならないトップシークレットのため、体育館倉庫を選んだ。普段カギがかかっているが、前もって体育教員室に入り込み倉庫のキーを拝借し、スペアキーを作っておいたのだ。重たい金属トビラに閉ざされた空間。絶好の会議室である。用心のため、内側からモップでつっかい棒をさせてから始めた。

施錠を確認して洋介は問うた。

「おい、上手くやったか？」

「うん……」

「うん〜？　うんじゃあねぇーだろ！」

洋介は恫喝モードに突入した。

「は、は、はい、言われた通り、太ももとお尻だけで、パンティーの中までは触っておりません！」

軍隊の上官に答えるようにして背筋を伸ばす小岩。

「よ〜し、七分由紀子を触りまくったお前は、一〇分サンドバッグの刑だ！」

小岩のみぞおちめがけて空手仕込みの中段突きを一発入れた。

ドスッ！

「ゲロッパァ……」

まるでジェームス・ブラウンがケンシロウにやられた時のような声を上げる小岩。

「ううぅ……な、な、なぜですか……」

「由紀子は可哀想に……苦痛に耐えた。お前も耐えろ！」

もう一撃、ドカッ！

「そ、そ、そんな理不尽な……」

さらにもう一撃、ガスッ！

「理不尽だぁ～？　理不尽とは、俺がメシを食ってる時に思い切り殴りつけてきて、『オレがダイエットしてるのにウマそうに食いやがって』と激怒するうちの兄貴だぁ！」

もう一撃、バキッ！

「兄貴に殴られて顎を骨折して本当に美味しく食えなくなったんじゃ～！」

もう一撃、ズドッ！

暴力無敗の洋介でも、ただ一人だけ兄には勝てなかった。すぐ上の不良兄も空手をやっており、一八七センチ一〇〇キロ超えの大男なのである。

洋介は、兄への不満もついでに小岩にぶつけた。

もう一撃、グシャ！

「で、でもなぜ七分ではなく一〇分なのですか……」

小岩が問うた。

「馬鹿者──！　朝から今まで時間がたっている。利息というものを知らんのか貴様は」

もう一撃、ズンッ！

さすがというべきか、そこは銀行員の息子だ。

そして一〇分が過ぎて、サンドバッグがしゃべった。

「じゅ、一〇分ずぎばじだ《過ぎました》……」

もう一撃ボスッ！

「そうか！　本日はここまで」

もう一撃ズコッ！

そして小岩の地獄の日々のおかげですっかりスッキリした洋介は、

「よっ！　ひさしぶりっ！」

と、待ち伏せしてた由紀子に爽やかに挨拶をした。

そして小岩からかたきを取った自分は正義の味方だと、桃太郎の凱旋よろしく胸を張り
由紀子をお供にバス停に向かった。

これを理不尽と言わないのなら、この世に理不尽など存在するのだろうか……。

＊

「ねぇ～、パパったらぁ～」

「ああ、うん～？」

「うん～？じゃねぇーだろっつーの！　薄笑いしながらご飯食べてキモいなぁ。ママとの密着電車でも思い出してたの？　エロいなぁ……」

生返事する洋介に自分の攻撃が効いているのか不安な優子は、懸命にいじった。

「ハハハッ、そんなわけないさ。ご飯美味しくてさ。ママたち～、うまくて顎が折れそうだよ～！」

洋介は、娘からの蚊が飛んでいるくらいの攻撃を、思い出も混ざった独特の比喩表現交じりで払った。

＊

確かに毎日の電車登校は楽しみだったが、修行でもあった。

忍法、勃起隠しの術。

由紀子と密着はしていても、決してナデナデ、モミモミと触ってはいけない。それがかえって興奮材料になっていた。

修行のせいで溜まった欲求を晴らすため、中学から通うあの店にちょくちょく行かなければならない。母親から金は十二分に貰っていたが、由紀子の弁当のお返しに服を買わないといけない。

（そこはケチれない、俺好みの女にするためには……）

そこで、洋介は副業を変えた。金に困っていない私立高校の生徒たちに、盗品売買は成立しない。

奴隷の一人に、ビデオレンタルチェーン店を展開する家の息子がいた。そいつに無修正のポルノ、いわゆる「裏ビデオ」を大量にダビングさせて捌くことにした。高校生相手にエロは儲かった。

二年生、三年生と、洋介にとって厳しい修行は続いた。

いい加減に告白してくるべきはずの由紀子は、ハンカチの時の笑顔で「おはよう」だけの毎日。血の滲むような努力……いや、周りに血を滲ませさせた努力に応えるべきは由紀子だ。

焦りと苛立ちはあったが、洋介の富士山頂プライドは告白されるのを待った。

とうとう大学生になってしまった。

洋介のプランでは高校生のうちに童貞を卒業する予定だったのに。しかし他の女で済ますつもりはなかった。洋介であれば、いくらでもできたのだが。実際に電車内でラブレターをもらうこともめずらしくなかった。が、何の意味もない。ゴミ箱行きだ。

最初の相手は由紀子と決めてあった。いや、最初から最後まで……それが洋介の初恋の美学だった。

洋介は次の作戦を考えていた。

流行りのバンドでもやり、ライヴにでも誘おうか……いやダメだ。時間がかかりすぎるし、そもそも音楽の習い事はしてこなかった。親を恨んだ。

そんな手詰まり中のある晩、由紀子から電話がきた。

人生で初めて神様に感謝した。

いや、洋介に神はついていない、悪魔に礼を言うべきか。

「じゃあ、今度の日曜日の一〇時にアルタ前ね」

電話を切ったあと、意気揚々と次の電話をした。

「はい！　小岩であります！」

相変わらずの軍隊口調だった。

「うむ、それでは今回の任務を伝える……」

その後、洋介は待つことにした。

自分の優秀な兵隊を信じることにしたのだ。もしミスを犯せば、軍法会議にかけられ高校生の時以上の罰が科せられる。

それこそ小岩は命がけで頑張るだろう、アカデミー賞俳優ばりの演技で……。

吉報が来るまで、洋介は鈴木まゆ子と付き合うことにした。由紀子には悪いが、高校受験の時の脳内借用書の分だ。付き合うといっても、吉野家やホカ弁を食わせて、レンタルルームで教え込んだ風俗テクニックを駆使させるだけだった。

「ねぇ、いい加減にして。なんでいつも最後までしてくれないの？」

さすがにまゆ子も堪忍袋の緒が切れたようだった。

「今はまだ君を大切にしておきたいんだ……」

まったく理由になっていない。自分の童貞を大切にしたいだけだった。

今後の由紀子とのことのために、軍資金は風俗なんぞに使いたくない。そのためには口車のアクセルを全開で踏み続け、まゆ子を丸め込まなければならない。

まったくいつまで苦労しなければならないのかと思いながら、しばらくの日々が過ぎた

ある日、電話が鳴った。

「小岩であります！　ただ今、ターゲットに別れを伝えてきました！」

自信ありげな口調に期待ができる。

「ふむ、気持ち悪いキャラはバレてないだろうなぁ……？」

「我ながら完璧のつもりであります！」

「よろしい！　作戦成功の暁にはお前に休みをやる」

頑張った兵隊を賛辞して、休暇を与える約束までしてやった。

「ありがとうございま～す！」

その日の夜、待ちに待った電話が鳴った。

「もしもし……由紀子です……」

洋介の長い苦労が終わった。

カルマ

「パパったら、よく平然としてられるよねぇ、恥ずかしくないの？　ねえ、ママさんたちもそう思わない～？」

援護射撃を求む優子に、

「だねぇ～、聞いてるうちらが恥ずかしいもん！」

グレーヌのママ姉妹が調子を合わせてくれた。

「いやぁ～、本当のことだからなぁ……嘘は何もないからね、恥じようがないさ」

嘘だらけの過去を恥じる気持ちが一ナノサイズもない洋介だが、本当のことを知られれば離婚、絶縁で母子共に精神科医にかからねばならないだろう。

「それにしても、そんな昔話をわざわざこの店でするとは……目的はおこづかいだな？」

小娘ごときの狙いなど見え見えだ。誰を相手にしていると思っているのかと、洋介は余《よ》裕綽々《ゆうしゃくしゃく》である。

「バレてたか～」

「まあ、久しぶりの昔話を思い出させてくれたし、ちょっとこづかいアップしようか！」

「え～？　ちょっとだけ～？」

「あとは勉強でアピールすること」

「は～い！」

ピースサインをする優子に、「作戦成功だね！」とママたちも喜んでくれた。


この程度を作戦と称して嬉しそうにする娘を見て、無邪気に育ってくれた、自分の血が濃く出なくて良かったと洋介は安堵した。

由紀子さえいれば子供などいらないと思っていた洋介だったが、気が付けば普通の父親になっていた。悪魔になった人間でも、人間に戻れることがあるのだ。

ママたちや他の常連客にも改めてサヨナラの挨拶をして、二人は自宅に戻った。


そしてついに優子の高校入学式の日を迎えた。

校門前にある入学式看板の前で親子三人の記念写真を撮るため、駅へ向かった。

引っ越し先は駅からほどない所で、学校の最寄り駅まで下り電車で行ける。

大事な娘にどんな変態が寄ってくるかわからない、少しでもリスクを減らすためだった。

一番の変態野郎は洋介自身なのに……。

いや、だからこそ心配するのかもしれない。洋介は普通の人間の父親なのだから。

電車に乗ると、そこそこ空いていた。座れる余裕はないが、さすがに痴漢は発生しないだろうと少々安心した。

「ようし、はりきって一〇〇枚くらい撮っちゃおうかぁ！」

めずらしくテンションの高い洋介。

「パパったら、私より興奮してるじゃん！」

「それだけ洋介くんも嬉しいってことよ」

いかにも幸せを絵に描いたような親子だ。

少し電車が揺れた時だった。

ドスッと洋介の腰の辺りで鈍い音が鳴ったかと思うと、焼けるような激痛が走り、おもわず仰け反りながら絶叫……できない、声が出ないのだ。

「キャァーー！」

洋介の動きに違和感を覚えてこちらを見た女性乗客が代わりに絶叫した。

洋介の腰にナイフが刺さっていたのだ。

電車内無差別殺人事件を世間は忘れてはいない。大パニック状態で半狂乱になりながら逃げ出そうと必死の人々がちりぢりとなる中に、一人の男がぶるぶると震えながら立っている。

「お…お前は……」

小岩保である。

「恨むなら自分を恨めぇー！　お前だけ幸せにはさせねぇーぞう！」

長年、銀行の融資で何とか頑張っていた小岩の継いだ鉄工所は、洋介が融資を止めたせいで、莫大な借金を残して潰れたのだった。

洋介は、もう役に立つことのない小岩を無情にも切り捨てていたのだ。

「捕まってお前の悪事を全部ぶちまけてやるからなあっ！」

かつての飼い犬が吠えた。すべての悪事の内容を知られることは、洋介にとって刺された痛みよりよっぽど痛いのだ。

洋介は刺さったナイフを抜いた。こんな時、ナイフは抜かない方が良いのだ。傷口から大量出血し失血死リスクがグッと上がるからだ。しかし、知っていたがあえて抜いた。反撃のため、いや、小岩を生かしておかないために。

取り乱す由紀子と優子を跳ね除け、洋介は小岩に立ち向かった。

捕まるだけが目的の丸腰者と、たとえハンデありでも殺すことが目的の者とでは結果は見えている。執念が違うのだ。

小岩を何度も何度も刺した。

二人とも血の海の中に倒れた。

洋介に駆け寄り抱きかかえる由紀子に、か細い声で言った。

「だ、大丈夫か……」

青い顔をしてうなずく由紀子。

優子はガタガタと震えて動けない。

「お、俺は由紀子のボディーガードだからさ……」

動かなくなった二人のまわりで、悲鳴と絶叫がいつまでも続いていた……。

人とは裏表のある生き物である、しかしその裏表はあまり極端ではない方が幸せになれるのかもしれない……。

エピローグ

そして一年が過ぎた。

「おはよう！」

今朝も優子は元気ハツラツだ。

「おはよう、ご飯は？」

「ダイエット中！　いらなーい」

「もう、ヨーグルトだけでも飲んで行きなさいよー」

「はーい、行ってきまーす！」

朝というものはどの家庭も忙《せわ》しないものだ。

「ダイエットか……年頃だし仕方ないだろう……」

洋介は生きていた。

「最近、ますます生意気になっちゃって、困っちゃうわ」

「それが成長ってことだよ」

愚痴る由紀子を優しく諭した。

「ごめん、オムツ取り換えてくれ」

生きてはいたが、元通りとはいかなかった。

事件の影響で、手術虚しく寝たきり状態になってしまったのだ。

しかし小岩を仕留めることはできたので、満足とまでは言えないが仕方ないところだ。

過剰防衛とも取られかねない反撃も、洋介の被害の大きさからか罪には問われなかった。

そして前向きになれることがあった。心強いことに、優子がリハビリの勉強を始めた。

理学療法士の資格を取って必ずパパを歩けるようにしてみせると宣言してくれたのだ。

娘の気持ちに応えるためにも、この先、リハビリを頑張って少しずつでも回復してまた家族を守っていくと心に誓った。

「はいはい、ちょっと待ってね」

大黒柱の洋介が寝たきりとはいえ、由紀子たちの生活は安泰なのだ。

頭金しか払っていなかったこの家のローンも、松田家の財産を生前贈与してもらい借金ゼロにしてある。

娘が生まれてから多額の保険にも入っていたので、余裕のある暮らしはできるのだ。

「洋介くん、オムツの前にちょっと話いいかな……」

「ん？　ああ……」

オムツの中の糞尿のせいで耐えがたい不快さだったが、介護してもらっている立場、やって頂いている立場では少々の時間は我慢しなければならない。洋介も自己中心的態度なばかりではいられない。

「事件の前に、同窓会があったの覚えてる？」

「ああ、小学生時代のだよなあ。忙しくて俺は行けなかったやつだよねえ……」

忙しくて行かなかったわけではない、あの頃のやつらのことなどどうでもいい、下々のことなど興味がなかったのだ。

「うん、その時、みんなからいろいろと聞かせてもらったんだ……」

「へえー、懐かしかっただろ……」

「まさか洋介くんが……ショックだった……」

「小学生時代のことだろう？　忘れたなあ……」

まあ子供の頃の話だし、由紀子ごときを言いくるめるのは難しくないだろうと洋介はたかをくくっていた。

「みんなは覚えてたよ、忘れられないって……それから私も違和感を覚えて探偵さんに調べてもらったの、洋介くんが仲良くしてた、中学生の時のお友達について……。そしたら、出るは出るは……喧嘩の理由、万引きのこと。風俗も行ってたんだってね、中学生で……」

「で、でたらめだよ！」

興信所は想定外だった。まだ夏でもないのに汗が噴き出てきた。

「なくなったはずのパンツもいつのまにか戻ってくるし、それと同時に別のがなくなるし……。今思えば、洋介くんが来た時に起こったことだった……」

「ご、誤解だ」

(数々の難題をクリアしてきた俺だ、身体は動かないが脳みそは動く！　考えろ！　考えろ！　考えろ！)

「あの頃は私も鈍かったなあ……」

「荒唐無稽だ！」

(駄目だ、四字熟語しか出てこない……)

「荒唐有稽だよ。難しい言葉を使えば逃れられると思っているのかな……。それとさ、やたらと小岩くんから電話かかってきてたよね。洋介くんがお風呂入ってる時に、携帯電話のチェックしてたんだ。かかってこなくなってから、私、小岩くんに会いに行ったんだ……。高校生の時からのこと、融資打ち切りにしたことも全部聞いたよ。お詫びに入学式の日時、電車の時間も教えてあげたの……」

「お、お前が……」

「最後に言ってほしい言葉があるんだ……。ギャフンって言って……？」

「ギャ、ギャフン？」

（考えろ！　考えろ！　考えろ！）

洋介は、目をぎゅっと瞑り、歯を食いしばって必死に弁解の言葉を探した。

ガサガサ……

由紀子は、洋介の頭部にちょうどいいサイズのビニール袋を被せて縛った。

「私は今度こそ本当の幸せを見つけるね、アディオ～～ス」

小岩にフラれた時と同じセリフを最後に告げた。

プシュ……

由紀子は缶ビールを開けた。動けないなりに必死に動こうとして、なお悶絶する洋介をつまみに、そのビールを飲み始めた。

空には青が広がっている、鳥たちは自由に飛んでいる、春の陽射しは誰にでもやさしく暖かく降りそそいでいる。

「おはよー！」

「おはよー！」

優子は今朝も爽やかに校門を通り抜けた……。

おわり

著者プロフィール

井町　さとる（いまち　さとる）

1969年東京都生まれ、都内某大学付属高校中退。
執筆は今回のデビュー作が初めて。
現在、静岡県在住。

ヘデラの花

2024年１月15日　初版第１刷発行

著　者　井町　さとる
発行者　瓜谷　綱延
発行所　株式会社文芸社
〒160-0022　東京都新宿区新宿1－10－1
電話　03-5369-3060（代表）
03-5369-2299（販売）

印刷所　図書印刷株式会社

ISBN978-4-286-24836-3